KB043758

프로도,
인생은 어른으로 끝나지 않아

프로도,
인생은 어른으로 끝나지 않아

손힘찬 〈오가타 마리토〉 지음

arte

FRODO 프로도

잡종견이라는 태생적 콤플렉스를 가진 부잣집 도시개, 프로도.
고양이 캐릭터 네오와 공식 커플로 매일 사랑스러운 애정공세를 펼치며
연인들의 공감을 자아낸다.

프롤로그

× 행복할 줄 아는 사람

내가 행복할 줄 아는 사람 같다며
친구가 부러운 듯 말했을 때 곰곰히 생각해봤어.
나는 뭐가 다른 걸까?

할 수 있을 만큼 최선을 다하고 결과에 만족하는 것.
행동하기 전에 3초 멈춰서 고민해보는 것.
인내의 미학을 발휘하면서 때를 기다리는 것.
내가 해낸 일들을 우연이라 생각하지 않는 것.

기쁨을 위한 상상은 분명히 긍정적인 영향을 주지만
슬픔을 위한 망상은 분명히 부정적인 영향을 주니까.

보이지 않는 행복을 잡기 위해서는
보이지 않는 내 마음을 다스려야 해.

아차차, 이건 내 이야기고
분명 너만의 행복해지는 방법이 있을 거야.
그러니 우리 같이 천천히 찾아보자.

× 차례 ×

part 1
평범해서 멋있는 '슈퍼노멀'이 되겠어

part 2
열심히 해도 미움받을 수 있어

part 3
네가 있어 내가 더 특별해

part 4
처음부터 어른인 사람은 없으니까

part 5

고마워, 기댈 수 있게 해줘서

평범해서 멋있는
'슈퍼노멀'이 되겠어

매일 같은 공간에서 같은 일을 하는 일상에
권태를 느낄 때가 많아.
평범해 보이는 일상 안에 분명 특별함이 있다는 걸
사람들은 금세 잊어버리니까.
누군가는 이런 생활에 익숙해지는 게
그저 무뎌지는 것뿐이라고 말하지만,
실은 내 마음이 조금씩 강해지는 거라고 생각해.
매일 연필을 잡는 손가락에 굳은살이 생겨서
한 글자씩 힘주어 꾹꾹 눌러 쓸 수 있는 것처럼.
평범한 삶은 우연히 주어지는 게 아니야.

책 속 위인들은 태양처럼 존재감이 대단해.

그들의 삶은 드라마처럼 극적이고 화려하지.

그에 비하면 난 특기라고는 버티는 것뿐이라

꽤 무색무취해 보일지도 몰라.

하지만 난 날 '슈퍼노멀'이라 부르고 싶어.

매일 내 일상을 멋지게 살아가고 있으니까.

사무실에서 무거운 정수기 물통을 바꾸거나,

팀 프로젝트에서 묵묵히 완벽하게 자료 정리하는 것도

평범하지만 대단한 능력 아닐까.

보통이 되기 위해 최선을 다하는 이들은 사실 모두

평범함을 뛰어나게 선보이는 능력자, '슈퍼노멀'인 거야.

어릴 적부터 음악을 참 좋아했어. 음악의 길을 진지하게
고민할 정도였어. 내 목소리로 감정을 표현한다는 것 자
체가 꽤 매력적이었거든. 그렇게 선택한 길은 생각보다
쉽지 않았고, 일 년 가까이 준비를 했는데도 별다른 결과
물이 나오거나 만족스러운 실력이 되지 않아서 좌절했지.
뮤지션이라는 꿈은 잠시 접었고, 지금은 다른 길을 가고
있지만 음악은 여전히 내 삶의 활력소야. 스트레스 받아
서 기분 풀고 싶은 날 노래방에 가기도 하고, 취미 생활
로 밴드를 하면서 나처럼 음악을 좋아하는 사람들과 재
밌게 소통할 수도 있으니까.
음악을 들으며 그 리듬을 따라갈 때마다 산만하던 내 마
음도 서서히 박자를 맞추는 것 같아. 동시에 마음속 불안

이나 걱정들이 차분하게 가라앉지. 무엇이든 내 삶에 리듬을 되찾아주는 게 필요해. 꼭 그럴듯한 취미가 아니어도 괜찮으니까 좋아하는 취미 하나쯤은 가져보면 어떨까. 다시 새로운 월요일을 시작하려면 마음속에 품을 기쁨 하나쯤 필요하잖아.

"

무슨 일을 하더라도 '스킬'을 중요시하는

사람이 있는데

그것보다 먼저 갖추어야 할 건

'동기'라고 생각해.

내가 무언가를 해야만 하는 이유,

그 이유가 간절함이 되어서

스스로 움직이게 만들어.

"

나를 버티게 해준 그 마음

내가 10대였을 때, 엄마는 직장을 자주 옮기기는 했지만 일을 쉰 적이 거의 없었어. 성인이 되고 난 후 엄마로부 터 그런 얘기를 들었지. 엄마는 원래 자신이 책임감이 없 고 자유로운 사람이라고 생각했는데 혼자 힘으로 나를 키우다 보니 일하는 마음이 달라졌다고 말이야.

나는 노력하면 결국 잘된다는 말을 믿지 않아. 막연한 노 력이 아니라, 나를 지탱할 수 있는 분명한 이유가 힘을 준다고 생각해. 아들이 혼자 힘으로 독립할 수 있을 때까 지 뒷바라지하겠다는 마음이 우리 엄마를 버티게 만든 원동력이 된 것처럼. 엄마의 그 마음은 내게도 큰 힘이 되어줬고, 어디로 가야 할지 방향을 알려줬어.

실패는 끝이 아닌 도움닫기 연습

프로젝트든 보고서 작성이든 어떤 일을 맡아서 진행하다 보면 그 끝이 좋지 않을 때가 있어. 좋지 않은 피드백을 받다 보면 기죽기 마련이지. 내내 그 생각에 사로잡혀서 퇴근할 때까지 책상 앞에서 멍을 때릴 때도 있어. 그런데 문득 그런 생각이 들더라.

'피드백을 결과에 대한 평가가 아니라 도움닫기라고 생각하면 어떨까?'

그럼 난 더 이상 실패할 필요가 없게 되지 않아? 실패 위로 크게 점프해서 다음 단계로 올라갈 수 있을 테니까.

"

숱한 야근에 툴툴 대면서도

일하는 이유는 대체 뭐라고 생각해?

매달 날아오는 카드 고지서와 월세,

관리비, 도시가스비 등과 함께

통장을 스쳐가는 월급 아닐까?

매일 저녁 치킨 값도 빼놓을 수 없지.

"

꼭 끝까지 가봐야 아는 건 아니야

목적지에 도착하려면 끝까지 가야 한다는 건 알아. 하지만 때로는 지쳐서 앞으로 발걸음을 내딛는 것조차 버거울 때가 있어. 근데 그보다 무서운 건 뭔지 알아? 이 순간을 견디지 못하면 자신이 아무것도 아닌 존재가 되어버릴까 봐 두려웠어. 그동안 노력했던 것들이 물거품이 되고, 정말 아무것도 아닌 사람이 될까 봐. 그게 무서워서 끙끙대고 포기하지 못했어.

그런데 내려놓는다는 게 단순히 포기를 의미하는 건 아니더라고. 나는 하던 일을 그만두는 걸 마치 인생을 포기하는 것처럼 이해했었나 봐. 왜냐하면 일이 내 삶의 많은 부분을 차지했으니까.

어차피 인생이라는 코스에는 정해진 목적지가 없고, 내

가 갈 길을 정하면 되는 거야. 무언가를 내려놓는 것 또한 하나의 선택이니까 결코 틀린 게 아닌 거지.

정말 맞는 건지 아닌지는 꼭 끝까지 가봐야 아는 게 아니야. 내가 자신을 돌보면서 그 옳고 그름을 내리는 과정 가운데 정답은 있어. 거기서 결론을 내렸으면 이제 또 새로운 길이 열리겠지. 그 코스를 다시 즐겁게 걸어가면 되는 것뿐이야.

"

목적지에 가는 방법은 여러 가지,

걷는 방법도 있고 뛰는 법도 있어.

자전거나 차를 탈 수도 있지.

삶에도 가능성은 여러 가지가 있어.

그러니 찾아보자. 내게 맞는 방법을.

"

기대감이 나를 더 꿈꾸게 만들어

×

수많은 발명은 모두 '결핍'에서 비롯되었다고 해. 모자란 데가 있어야 더 나은 무언가를 떠올리려고 하게 되니까. 고등학교도 제대로 졸업하지 못하고 자전거 수리공의 길을 걷던 두 형제도 그랬어. 장난감 글라이더 같은 기계로 하늘을 날 수 있다는 꿈을 포기하지 않았거든. 마침내 그들이 비행에 성공했을 때 기자가 물었어.

"가장 짜릿했던 순간이 언제였나요? 공식적인 비행에 성공한 지금이겠죠?"

형제는 말했어.

"아뇨, 매일 밤 잠들기 전이 가장 짜릿했습니다. 눈을 감고 우리가 만든 비행기가 하늘로 날아오르는 상상을 하면 심장이 터질 것 같았어요. 내일 일어나서 그 모습을 실현시킬 수 있다고 생각하면 기대감에 잠들지 못했죠."

비어 있는 어딘가에서 꿈이 시작될 때, 바로 그 순간에
우린 가장 행복한 걸지도 몰라. 나는 모자란 데가 많은
사람이니까, 그만큼 더 행복해질 가능성도 높은 거겠지?

"꿈이 뭐예요?"

이런 질문을 받으면 말문이 턱 막혀.

졸업 전에는 장래희망이나 진로를 꿈이라고 생각했고,

직장생활을 시작한 뒤에는 딱히 생각해본 적이 없었어.

그런데 누가 그러더라.

꿈은 거창한 게 아니라, 내가 원하는 모습이 되고 있는지,

그 길로 가고 있는지 확인해주는 이정표 같다고.

내가 원하는 꿈이 아직 실현되지는 않았더라도

지금 그 모습이 되어가고 있는지 엿보는 순간

오늘을 살아가는 나는 반짝하고 빛날 거야.

무조건 잘해야 한다는 생각 버리기

'슬럼프'라는 말이 가벼운 의미로 쓰이는 경우가 많아.

누군가 슬럼프를 겪고 있을 때

"그냥 하기나 해"라면서 간단한 문제로

치부해버리는 사람도 있지만 그것 역시 무대포일 뿐이야.

두려움과 불안을 모른 척 묻어두는 것도 방법이겠지만

일시적일 뿐, 근본적인 해결책은 되지 않아.

안 되는 일을 붙잡고 있는 것도 힘들어.

일이 안 풀릴 거라는 생각을 껴안고

자신을 억지로 끌고 가는 건 의미 없을지도 몰라.

남들의 기대치를 채우지 않아도 된다는 생각,

무조건 잘해야 한다는 생각부터 내려놓을 수 있다면

다시 시작할 수 있지 않을까?

"

몇 년 전만 해도 소소한

행복을 누리는 게 꿈이었는데

요즘은 그것조차 어렵다는 걸 실감해.

그저 상처받지 않고 별일 없이

하루를 지낼 수 있기를 바라게 돼.

"

강한 사람이 버티는 게 아니라,
버티는 사람이 강한 거야

왜 그런 말 있잖아. 나쁜 일은 꼭 한꺼번에 일어난다는 말. 안 그래도 일이 잘 풀리지 않는데 주변 사람들은 모두 내 탓으로만 돌리지, 여자친구와의 사소한 오해가 말다툼으로 이어지지…. 모든 일이 꼬일 대로 꼬여버려서 제자리로 돌려놓는 게 막막하게만 느껴질 때가 있어.

이럴 때 나는 애써 해결하려고 하지 않는 편이야. 주변이 어수선하고 혼란스러울수록 묵묵하게 제자리를 지키면서 마음을 들여다보는 게 감정을 컨트롤하기 위한 나의 첫 번째 요령이거든. 길을 잃었을 때 섣불리 이리저리 움직이기보다 일단 제자리에서 위치를 파악하는 게 필요하잖아.

힘든 시간이 장기전으로 이어질 때는 아무리 애를 써도

해결이 안 되는 경우가 있어. 결국 내면의 싸움으로 이어지는 거야. 마치 지구력이 제일 중요한 장거리 달리기처럼. 여기서 버티는 힘이 빛을 발하는 거지.

"

매일 아침 스트레칭을 하면서

나에게 이렇게 말해.

"괜찮아, 오늘도 잘 할 거야."

마음에도 지구력이 필요하니까.

"

주목받는 걸 꽤 두려워하는 성격이었어. 수업 시간에 교과서를 읽을 때도 얼굴이 빨개질 정도였으니까. 목소리도 작고 저음이라 노래방에서 친구들을 따라 부르는 것도 힘겨웠지.

그랬던 내가 대학생이 되고 난 후 조별과제 때마다 발표를 하게 될 줄 몰랐어. 동기보다 한 살 많다는 이유로 말이야. 처음에는 발표라기보다는 대본을 읽는 느낌이 강했는데, 뭔가 오기가 생겨서 나름대로 방법을 연구하기 시작했어.

인터넷으로 전문가들의 강연 동영상을 얼마나 찾아봤는지 몰라. 시선 처리는 어떻게 하는지, 말을 끊었다 이어가는 호흡은 어떻게 조절하는지 몇 번이고 돌려봤어. 주말에는 독서 모임을 다니면서 다른 사람들 앞에서 생각을 정리하고 말하는 연습을 꾸준히 했어. 말하는 걸 녹음해서 목소리 톤도 체크해보고, 텅 빈 강의실에서 혼자 발표 연습도 했지.

그렇게 하다 보니까 조금씩이지만 확실히 나아지더라. 얼굴이 빨개지고 목소리가 떨리는 일도 줄어드는 게 신기했어. 그때 연습했던 것들이 지금도 꽤 큰 힘이 돼. 내 의견을 말할 때 적어도 상대방의 눈을 피하지는 않게 되었거든. 자신감은 연습으로 생긴다는 게 정말 맞는 말인 것 같아.

"

발표할 때는 스티브 잡스,

회식할 때는 분위기 메이커,

내 마음만은 그래.

몸이 마음을

백 퍼센트 따라가지 못할 뿐.

"

남보다 뛰어나지 못한 것 같아
고민인 사람에게

운이 좋은 편인지, 나쁜 편인지 묻는다면
난 그 중간 어딘가쯤에 속한다고 생각했어.
로또 같은 대박도 없지만
딱히 특출하게 좋은 구석도 없는 애매한 상태랄까.
아무 일 없이 밋밋하고 평범한 내 일상이
가끔 초라하게 느껴지기도 하더라고.
다들 멋지고 즐겁게 사는 것 같은데 말이야.

그런데 지금의 내가 되기까지
내 뒤에 있어준 것들이 꽤 많더라.
엄마의 응원, 친구들의 격려,
하루하루 이뤄낸 작은 성과들까지.

어떤 기준을 훌쩍 뛰어넘지는 못하고,

평범해 보이더라도, 그렇게 소중한 무언가를

발견하고, 이뤄내다 보면

결국 그게 내게 큰 힘이 되어주리라 믿어.

기회란 거대한 형태로 오는 게 아니라

매일 내 앞을 아주 평범한 모습으로 지나가고 있더라.

"

끈기 없는 사람은 없어.

하고 싶은 일이 너무 많아서

욕심을 부리다 보니

집중력이 분산되는 것뿐.

"

내가 좋아하는 꽃은 카모밀레야.
꽃말이 '역경에 굴하지 않는 강인함'이거든.

다음 생에는 돌로 태어나고 싶다고
푸념하던 시절이 있었어.

역경이란 걸 부딪혀가며 살 수 있을지
통 자신이 없었거든.

어쩌면 다들 그런 게 아닐까?
"이번 생은 망했다"라고 말하곤 하잖아.

얼마나 벼랑 끝에 몰렸으면 그런 말들이
우리 일상에 스며들기 시작했나 싶어.

인생은 아는 만큼 보인다고들 하는데,
눈앞에는 보이는 현실이 그만큼 암담해서일 거야.

미래는 알 수 없으니 희망적이라고 말할 수 있지만
이대로 암울하게 끝날지도 모르지.

경우의 수를 이것저것 따져봤어.
확실한 결론은 어느 쪽이든 간에
지금까지 잘 견뎌왔다는 거야.

무척이나 애썼고, 그것만으로 충분하잖아.
이 사실 하나만으로 자신을 믿어도 된다고 생각해.

"

완벽하게 태어나는 사람은 없어.

각자의 기준에서 성공하는

사람들이 있을 뿐.

그러니 다른 사람의 성공담을 듣고

그게 전부라고 믿지 않았으면 해.

다양한 길 중에 하나를

먼저 도착한 것뿐이니까.

"

열심히 해도
미움받을 수 있어

혼자 있을 때 나는 어떤 사람일까? 시끄러운 사람들 사이에 끼어 있기보다 집에서 혼자 술을 먹는 걸 즐기는 사람? 남들 앞에서는 조용하고 내성적이지만 샤워부스에서 목청껏 노래를 부르는 사람? 일을 할 때는 냉정해 보일 정도로 침착하지만 현관에서 나를 맞아주는 댕댕이에게는 깜빡 죽는 사람?

심리학에서는 타인이 바라보는 나와 내가 생각하는 나의 차이가 적을수록 좋다고 했는데 그것도 쉽지 않아. 그 어떤 모습도 내가 아닌 게 없는 데 말이야. 내가 어떤 사람인지는 끊임없이 되물어야 할 질문이지만 그 안에서 만족스러운 나를 발견하면 되지 않을까 싶어. 그럼 다시, 나를 관찰하러 가볼까?

끝나지 않는 눈치 게임

'페르소나'라는 말을 알아? 쉽게 말해 가면을 쓴 인격을 뜻해. 누구나 처음에는 마음이 말랑하고 정을 쉽게 나누어 주다가도, 시간이 지나면 닿을 듯 말 듯 적정 거리를 지키기 위해 애쓰지. 그래야 관계가 유지되니까. 각자에게 맞는 가면을 쓰며 상대를 대해. 오히려 상대에게 진심을 다하지 않아도 괜찮다며 사람들은 안심하고 있어.

근데 나는 있잖아. 그렇게 말하는 사람이 종종 외롭다고 말하거나 사랑받고 싶다고 말할 때 보면 속상해. 사실은 남들과 어울려 지내고 싶은 마음을 숨기고 있는 거잖아. 스스럼없이 다가가고 싶은데 제자리에 있는 거잖아. 언제쯤이면 이 눈치 게임이 끝날까.

"

본인의 무례함을

상대의 예민함으로 탓하면 안 되고

본인의 예민함을

상대의 무례함으로 단정짓는 것도

조심해야 해.

"

'나'라는 우선순위를
포기한 배려는 가짜

어릴 때부터 남에게 먼저 양보하는 버릇이 있었어.
이런 '배려하는 습관'은 나도 모르게
남들 눈치보느라 생긴 것 같아.
부모님한테 "착하다"라는 말을 듣고 싶어서,
혹은 내가 참지 않으면 사랑받지 못할까 봐
두려워서였는지도 몰라.

그때부터였어.
남에게 잘 보이고 싶은 생각이 들기 시작한 게.
나의 존재감은 착해야만 인정받을 수 있다고 믿었어.
물론 배려가 필요한 순간도 있어.
하지만 나의 우선순위를 포기하는 배려는 버리는 게 맞아.

그걸 연애할 때 깨달았어.

나를 버리면서 하는 연애,

나보다는 늘 상대를 우선시하는 연애,

속상함과 서운함은 오롯이 나의 몫이었던 연애.

결국 내 감정이 모두 소진됐을 때 비로소 알게 됐어.

나에게 정말로 소중한 것을.

취업하고 직장에서 일하는 과정은 나름 예측 가능한 것 같아. 회사에서 요구하는 조건대로 준비하고, 시험을 보고, 면접을 보면 그에 상응하는 결과가 나오지. 일도 마찬가지야. 하지만 인간관계는 예측이 어려워. 내가 먼저 다가가기도 어렵고, 누군가 다가와도 어느 선까지 허용해야 할지 알 수 없잖아.

차라리 매뉴얼 같은 게 있다면 좋을 텐데, 관계마다 겪는 문제와 답이 다 달라서 보편적인 규칙 같은 것도 찾기 힘들어. 그럼에도 알게 된 것은 몇 가지 있어. 어떤 관계에서든 나름의 정답을 내리기 위해 최선을 다해야 한다는 것, 나와 맞지 않는 사람은 얼마든지 있다는 것. 그러니 풀리지 않는 문제는 내버려둬도 돼.

정이 많아서 힘든 사람

정이 많은 성격 탓에 자꾸만 상대방에게 기대하게 되는 습관이 있어. 그런 호의를 악용하는 사람 때문에 힘들었던 적도 있지. 내게서 원하는 걸 얻고 나면 뒤도 안 보고 떠나버리는 사람을 보며 회의감이 들기도 했지만, 내가 먼저 마음을 주면 돌아오는 게 있을 거라 생각했어.

하지만 애써 잡으려 해도 잡히지 않는 게 사람이라, 내 마음을 항상 보상받을 수 있는 건 아니었어. 그때마다 나는 스스로를 자책하기 바빴어. 그렇게라도 하지 않으면 납득할 수 없었으니까.

이제는 알겠어. 내 마음을 주었다고 해서 꼭 그만큼 돌려달라고 강요할 수 없다는 걸.

"

기대는 할 사람에게 하고

그러지 말아야 할 사람에게는

내가 감당할 수 있을 정도의 범위 안에서

감정 소모를 하는 게 건강해.

나와 관계, 모두 지키는

유일한 방법이야.

"

차라리 마이웨이가 필요한 순간

나름 잘 지낸다고 생각했던 친구가 날 험담하고 다녔다
는 걸 알게 됐어. 자신을 보는 내 표정이 이상하다는 오
해 때문이었지. 왜 그런 오해를 했을까, 다른 애들은 어
떻게 생각할까 고민하느라 크게 스트레스를 받았어.

그런데 시간이 지나니까 그런 일이 있었나 싶게 잊혀지
더라고. 그때 알았어. 그 친구의 험담은 순간적으로 내뱉
은, 시간 때우기용 얘깃거리였다는 것을. 하필 운 나쁘게
내가 걸렸던 것뿐이지. 처음엔 내가 받은 상처가 오롯이
내 몫으로만 남는 게 너무 화가 났는데, 문득 이런 생각
이 들더라. 악의 어린 관심에 휘말리지 않으려면 어느 정
도의 마이웨이가 필요하겠다는. 내 마음의 중심까지 잃
어버릴 수 없잖아.

비밀은 말하는 순간 소문이 된다

세상에 비밀은 없다는 말이 참 맞는 것 같아. 만약 한 사람에게 내 비밀이 알려졌다고 하면 다섯 명이 알고, 열 명이 알고, 결국 대부분이 알게 되는 원리야. 이야기가 입에서 입으로 옮겨지는 건 그리 유쾌한 일이 못 돼. 비밀을 볼모로 삼아 나를 몰아세우는 사람이 있는가 하면, 걱정하는 척 내 약점을 소문내는 이들도 있지.

소문은 사실이든 아니든, 좋든 나쁘든 간에 나에 대한 편견을 만들어. 비밀이 소문이 되는 순간, 그걸 입 밖에 내뱉은 자신을 자책하기도 하고.

그래서 때로는 굳이 남에게 알릴 이야기가 아니라면, 누군가 물어도 말없이 넘어가게 돼. 어떤 비밀은 차라리 모르는 편이 서로에게 더 좋은 걸지도 모르니까.

열심히 해도 미움받을 수 있어

가끔은 하기 싫은 일을 억지로 해야 할 때가 있어. 내 능력 범위 안에서 해결되는 일이라면 다행인데 그렇지 않은 경우라면 걱정거리만 더해질 뿐이야.

직장에서 요구하는 목표치를 달성해야 하는 상황일 때도 그래. 전전긍긍하는 건 내 몫이고 열심히 해서 결과물을 내놓아도 평가하는 사람의 기대치를 채우지 못하면 가치가 없는 것이 되어버리지. 그럴 땐 마치 상대로부터 인정받기 위해 간신히 무언가를 해냈는데, 내 존재 자체를 부정당하는 것 같은 기분이 들어.

결과가 중요한 사회에서 '열심히'란 그다지 의미가 없는 것 같아. 그런데 '열심히' 하지 않아서 그런 거라고 반박당해야 하지. '열심히'라는 말 자체가 꼭 하나의 함정 같

아. 그 함정에 빠지지 않으려면 나름의 면역력이 필요해. 나의 노력이 부정당할 때, 타인의 기준이 나를 압박할 때, 나는 일단 '모두를 만족시킬 수는 없다'는 사실을 떠올려. 설령 좋은 일을 한다고 해도 미움받을 수 있는 것처럼 말이야. 그것 하나만 기억해도 부정적인 생각에 빠지지 않는 면역력이 생길 것 같아.

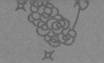

"

관계 속에서 누가 옳고 그르냐는 없어.

저마다의 입장에서

다른 판단을 내릴 수 있으니까.

다만 매 순간 진실하고 싶을 뿐이야.

"

다른 사람에게 하는 배려의 반은 내게 해주기.
가끔은 정말 맛있는 식사를 내게 대접하기.

일이 잘되지 않더라도
'실패'라고 말하지 않고 '과정'이라 부르기.

일에 성공했다고 오만해지지 않기.
가끔은 아무 일도 하지 않고 쉬기.

건강을 버려가면서까지 무리하지 않기.
나를 버려가면서까지 사랑하지 않기.

너를 너대로 인정해줄 수 있는 친구가 되기.
나는 나대로 만족할 수 있는 사람이 되기.

자신을 잃어버린 것만 같을 때
다시 '나'다움을 찾는 나만의 방법.

관계는 내 뜻대로 되지 않아

혼자 애쓰는 관계가 있어. 대부분 상대에 대한 기대감이나 보상심리 때문에 혼자 전전긍긍하는 경우야. 적당히 관계를 맺고 끊거나, 간섭하지 않고 적정 거리를 둘 줄 아는 것이 가장 현명하겠지만 사람의 마음이란 말처럼 쉽게 조절할 수 있는 게 아닌 것 같아.

더 이상 상처받고 싶지 않아서 전처럼 누군가에게 마음을 주지 않으려고 한 적이 있어. 그런데 시간이 지날수록 나도 모르게 마음이 커지는 걸 막을 도리가 없더라. 자신의 마음이지만 어쩌지 못하는 경우는 다반사야.

다만 위로가 되는 사실은, 예전에 서운함을 느꼈던 일을 지금은 좀 더 덤덤하게 혹은 기쁘게 느낄 수도 있다는 거지. 시간이 지나면 마음이 조금 성숙하기도 하고, 관점이 달라져서인가 봐.

물론 아무리 시간이 흐른다 해도 상대를 내가 원하는 대로 백 퍼센트 맞추거나 관계를 내 뜻대로 조종할 수는 없어. 그저 있는 그대로 서로를 수용할 수 있는 포용력이 조금씩 커지는 걸 거라고, 그렇게 생각하고 싶어.

"

무너질 것 같아도 괜찮아.

내가 등을 받치고 있을 테니까.

네가 믿는 그 길로 두려워 말고

나아가기를.

"

SNS 인간관계에 회의감이 들 때

언제부터였을까. 얼굴을 맞대고 하기 어려운 말을 툭 내던지듯 SNS로 전하게 된 것이. 차마 용기가 나지 않아 선택한 방법이었는데, 이게 반복되다 보니 관계가 단순해지고 가벼워졌어.

스마트폰을 몇 번 터치하면 주고받을 수 있는 언어들, 그 안에서 오고 가는 감정들이 내 머릿속에 점점 쌓여 포화되기 직전이야. 관계를 가볍게 하려다, 감정을 쉽게 미루고 모른 척하며 사는 것은 아닐까.

때로는 대인관계 다이어트가 필요하다고 하잖아. 이건 단절을 의미하는 게 아니라 집착을 내려놓는다는 의미일 거야. 잠시 SNS라는 소음을 꺼두는 것만으로도 충분해.

각자의 자리를 지키는 관계

×

사람의 뿌리는 겉으로 나타나지 않아.

오랫동안 누군가의 곁에 있으면서

묵묵히 자기 자리를 지키면

그 뿌리가 깊어지는 거라고 생각해.

나는 나대로, 너는 너대로

각자의 중심을 지키면서

'우리'가 될 때 그 뿌리가 더욱 단단해질 거야.

어느 한 사람이 도드라져서

관계가 특별한 게 아니라,

두 사람이기 때문에 특별한 사이가 되는 것처럼.

때로는 나무가 되고 싶어.

지쳤을 때 기대고,

더울 때 그늘에 들어오도록,

곁을 내어주는 사람이 되고 싶어.

서로의 구멍을 메워주는 사이

×

부모님이 서로 다른 국적이라는 이유로 차별받던 때가 있었어. 그저 그 이유 때문에 사람들은 나를 자신과 '다르다'고 인식하고 부정하더라. 이런 상처는 콤플렉스가 되고, 열등감이 되어 아무리 시간이 지나도 나를 괴롭혔어. 세상에서 인정받고 싶었고, 마음속에 구멍 난 공간을 메우고 싶었거든.

그런데 아무리 필사적으로 노력해도 나 혼자 힘으로는 채울 수 없는 공간이란 게 존재하는 것 같아. 혼자 노력하는 것만으로는 충분하지 않을 때가 있더라. 그럴 때 알게 모르게 곁을 지켜준 친구들이 있었는데, 내 마음속에 빈 구멍을 메워준 건 바로 그 애들이었어. 내가 어떤 모습이든 있는 그대로 바라봐준 친구들이었거든.

친구들과 같이 웃고 떠들고 맛있는 걸 먹는 시간이 동글 동글 뭉쳐져서 내 구멍으로 조금씩 굴러들어왔어. 구멍 속이 따뜻하고 포근한 무언가로 채워질 때마다 뭔가를 증명해야 한다는 압박감이 조금씩 누그러진 것 같아.

친구들에게도 아마 저마다 구멍이 있을 거야. 각자 그렇 게 구멍난 존재인 우리들이 서로의 부족한 마음 어딘가 를 채워주는 거겠지.

마음이 여리고 쉽게 상처받는 친구가 있었어. 그 애는 스스로에 대한 자신감이 없고, 다른 사람들의 시선을 너무 신경 쓴 나머지 수동적으로 살아가는 게 습관처럼 굳어져버렸지. 시간이 지날수록 주변 사람들은 서서히 지쳐 그 곁을 떠났지만, 끝까지 곁에 남아준 이들에게 어느 날인가 친구가 말했어. 자신을 계속 붙잡아줘서 고맙다고 말이야. 그 말에 한 친구가 이렇게 말했어.

"결국 문밖으로 나온 건 너야. 나와줘서 고마워."

내가 나 자신과 좋은 관계를 맺어야 하는 것도, 내가 나를 일으켜야 하는 것도 맞아. 하지만 그게 불가능할 때가 자존감이 낮아졌을 때라고 생각해. 공황장애, 우울증 같은 마음의 병을 앓을 때도 마찬가지야. 사람은 강하지만

쉽게 무너지는 약한 존재이기도 해. 그때마다 서로 잡아주고 일으켜주는 사람이 있다는 건 정말 큰 힘이 돼. 결국 관계로 인해 문제가 생기니까 관계로 문제를 해결할수 있는 거야. 아마 우리가 다른 누군가에게 손을 내밀수 있는 이유는 서로 비슷한 상처들로 연결되어 있기 때문일 거야.

"

같이 밥 먹으러 가자고,

산책 가자고 말해주는 친구가 있으면

심해에 가라앉을 듯 우울하던 마음도

조금씩 가벼워지더라고.

그런 단 한 사람의 존재가

내 마음을 구해주는 것 같아.

"

남을 흉보는 사람의 특징

① 남을 깎아내리는 이유가 자신의 콤플렉스 때문이라는 사실을 인정하지 않는다.

② 그 사람을 비난하면 자신이 우위에 설 수 있다고 믿는다.

③ 상대의 가치를 떨어뜨리면 자신의 가치가 올라간다고 생각한다.

④ 관계를 이용할 생각만 할 뿐, 타인과 진심으로 교류를 할 줄 모른다.

⑤ 스스로 무언가를 이루며 성취감을 느끼기보다 작은 것도 크게 포장하려고 애쓴다.

⑥ 당사자에게 굳이 전하지 않아도 되는 안 좋은 말을 전하면서 자신은 아닌 척 빠진다.

⑦ 단순하게 스트레스 해소를 위해 험담하기도 한다.

⑧ 편 가르기를 위해서 의도적으로 남을 깎아내린다.

⑨ 자기 자신을 객관적으로 바라보는 걸 꺼린다.

⑩ 자신이 험담의 대상이 되지 않기 위해 끊임없이 다른 누군가를 공격한다.

지친 하루의 끝을 맞이하는 너에게

가만히 하루를 되돌아보면 나를 위한 시간보다는 남을 위한 시간이 많아. 학교든 직장이든 그곳에 맞는 복장을 갖추기 위해 준비하고 외모를 단장하잖아. 타인과 있을 때는 위치에 맞는 역할을 하거나, 가끔 내 마음을 티내지 말아야 해. 그런 시간이 한 시간, 두 시간, 네 시간 지속되다 하루가 끝날 무렵이면 몸이든 마음이든 지칠 수밖에 없지.

하루가 끝나고 나면 나는 다시 나로 돌아가는 시간을 갖으려고 해. 방법은 어렵지 않아. 잠들기 전에 책상에 있는 다이어리에 생각이나 감정들을 떠오르는 대로 적는 거야. 형식을 정해두지 않고, 오로지 쓴다는 것에 의미를 두고 지금 떠오르는 단어들을 엮다 보면 문장이 되고 한

편의 글이 돼서, 텅 비어 있던 페이지에 크고 작은 글자들이 채워져.

누가 보는 것도 아닌지만, 때로는 이렇게 아무렇게 써도 되나 신경 쓰이기도 해. 하지만 꼭 알맹이가 가득해야 의미 있는 건 아닌 것 같아. 온전히 나와 마주하는 시간을 가졌다는 사실이 중요한 거니까. 내 마음이, 그리고 주변이 고요할 때 내면에서 빛나는 것들이 있어. 그 원석을 찾기 위해 매일 나를 들여다보는 시간이 필요해.

"

누구보다 신뢰받는 사람이 되는 법은

한결같이 꾸준한 모습을 보여주는 거야.

거기서 사람들은 안정감을 느끼거든.

"

KAKAO FRIENDS × arte

아르테 에세이로 새롭게 만나는
카카오프렌즈!

"내가 좋아하는 이야기부터
하나씩 시작해볼게.
이젠 나를 읽어줘."

라이언, 내 곁에 있어줘
전승환 지음 | 15,300원

아무 말 없이 두 팔로 널 꼭 안아줄게.
내가 가진 것 가운데 가장 좋은 것,
내 온기를 너에게 전해줄게.

어피치, 마음에도 엉덩이가 필요해
서귤 지음 | 14,700원

내가 매일 예뻐졌다가 매일 미워졌다가,
내가 알기로 이런 변덕스러운 마음은
사랑밖에 없는데.

튜브, 힘낼지 말지는 내가 결정해
하상욱 지음 | 15,300원

어쩌면 내가 듣고 싶었던 위로는
"넌 할 수 있어"가 아니라,
"넌 할 만큼 했어"가 아니었을까.

아이가 하나 있지."
럿 가지 마음의 소리

무지, 나는 나일 때 가장 편해
투에고 지음 | 15,300원

너를 위한 주문을 외워줄게.
너는 무지 행운이 넘치는 사람,
네게는 무지 좋은 날들만 이어지길.

네오, 너보다 나를 더 사랑해
하다 지음 | 15,300원

내가 나를 사랑한다는 것은
내가 세상에서 제일 멋지다고만
생각하는 것이 아니라, 별로 멋지지 않아도
괜찮다는 것을 믿는 거야.

프로도, 인생은 어른으로 끝나지 않아
손힘찬 지음 | 15,300원

완벽한 어른이란 존재할까?
하지만 우리는 늘 고민하는걸.
아마 죽을 때까지 사람은 자라나 봐.

당신의 모든 날을 함께하기 위해
카카오프렌즈가 찾아왔습니다.
선물 같은 그들의 이야기를
하나하나 들어주세요.

아르테 SNS에서 더 많은 이야기들을 만나보세요.

인스타그램 instagram.com/21_arte   유튜브 youtube.com/c/아르테
페이스북 facebook.com/21arte   홈페이지 arte.book21.com

× × ×

part
3

_____

네가 있어
내가 더 특별해

날 특별하게 만들어준 사람

"너라면 해낼 수 있어"라는 뻔한 말도
네가 해주면 특별한 의미가 생겨.
별것 아닌 사소한 일들도
소중한 기억이 될 수 있다는 걸
너를 통해서 알았어.

참 신기해.
사람이 북적이는 길이라도 너와 있으면
둘만의 공간으로 바뀌는 것 같고,
카페에서 마주보며 이야기할 때는
그 어떤 수업을 들을 때보다
온 마음을 다해 귀를 기울이게 돼.

그 모든 순간들을 위해서

나는 최선을 다해 사랑할 거야.

그 방법은 어렵지만 아주 간단해.

상대를 소중히 여기는 마음,

그 마음에 매 순간 충실하는 거야.

"

그냥 나라는 이유로

스스럼없이 다가와준 사람,

내가 다가갈 수 있게 곁을 내어준 사람,

네가 있어준 덕분에

나도 사랑을 줄 수 있는 사람이

된 것 같아.

"

너는 나를
더 좋은 사람이 되고 싶게 만들어

"당신은 내가 더 좋은 사람이 되고 싶게 만들어요."

내가 참 좋아하는 영화 대사야.
'좋은 사람'이라는 기준은 사람마다 달라서
모두에게 좋은 사람이 될 수 없다는 걸 알아.
그래도 내게 소중한 한 사람에게만큼은
좋은 사람이 되고 싶어.
이건 하나의 맹세와도 같아.
이 한마디 맹세에서 싹이 트고 줄기가 자라,
내 마음에 단단히 뿌리를 내릴 거야.

거울보다 훨씬 빛나는 너

어디서든 너는 틈틈이 거울을 들여다봐.
왜 그렇게 자주 보냐고 물으니 신경이 쓰인대.
다른 사람들이 자기를 어떻게 볼지 말이야.

있는 그대로 널 바라봐주는 사람이
한 사람이라도 있다는 걸 알아줬으면 좋겠어.
그 사람은 누구보다도 널 사랑하지.
사랑받는 여자가 가장 아름답다고 하는데
나는 네가 세상에서 제일 아름다운 사람이 되게 할 거야.

"

난 감정 표현이 서툴러서

널 좋아한다는 말 한마디가 참 힘들어.

그래서 널 만날 때마다

꽃 한 송이를 주고 싶어.

하루에 한 글자씩 너에게 고백할래.

"

×

 일어났어?
오전 7:00

오전 7:02 버스 정류장으로 질주 중!

 살살 달려요!
오전 7:03

오후 1:20 졸려 졸려 ㅠㅠ

 식곤증 퇴치용 커피 한잔 ㄱㄱ
오후 1:20

오늘도 야근각?

오후 5:50

오후 5:51 눈치작전 중. ㅋㅋ

 주말에 무슨 영화 볼까?

오후 5:52

오후 5:55 주말까지 어떻게 기다려? ㅠㅠ

너를 만나고 난 뒤에 생긴 몇 가지 습관이 있어. 눈뜨자마자 카톡 확인하는 것, 내 일상을 자꾸 누군가에게 말하고 싶어진다는 것. 연락이 전부가 아니지만 하루의 시작을 너와 함께하니 그것만으로 마음이 따뜻해. 때로는 그힘으로 출근할 때도 있다는 걸 너는 모르겠지? 너를 만나기 전에 없었던 습관들이 지금 내 삶의 일부가 됐어. 아니, 어쩌면 전부가 됐을지도 몰라.

"

너의 아주 작은 행동,

잔잔한 물살에도

내 마음에는 파도가 일어나.

"

그거 알아?

회사에서, 집에서는 실수하고 덜렁댄다 해도

네 앞에서만은 완벽해 보이고 싶은 거.

차가 지나가는 골목에서는 널 안쪽으로 걷게 하고,

네가 짧은 치마를 입고 온 날은

카페에서 슬쩍 담요를 챙겨주고,

우울해 보일 때는 가만히 눈치보다

네가 좋아하는 곳에 가서 밥을 먹자고 하지.

네 기분만큼은 누구보다 제일 먼저 알아차리는 거,

그게 너에게 가장 완벽한 사람이 되는

가장 첫 번째 조건인 것 같아.

인간은 호감을 느끼는 사람의 행동을 모방한다는 연구
결과가 있어. 너와 내가 닮아간다는 생각이 드는 것도 그
래서일까? 간혹 너처럼 빵을 오물오물 씹는 것도, 우리
의 플레이리스트가 비슷해지는 것도, 걸음걸이가 느려
지는 것도 보면, 모두 내가 너와 연결되어 있어서인 것만
같아. 나의 몸짓이나 언어들이 너하고 닮아가는 게 좋아.
그중에서도 가장 좋은 건, "사랑해"라는 말을 서로 자주
하게 된다는 거지!

같이 있을 때

꼭 무언가를 하지 않아도 괜찮은 사이,

너랑 같이 있는 게

나에게는 가장 큰 휴식이야.

상대의 모습을 이해하고, 받아들이라는 식의 조언을 건네는 사람이 있어. 틀린 말은 아니야. 사랑이란 본래의 모습대로 아껴주는 것이 맞으니까. 하지만 나 자신 또한 그런 보살핌을 받아야 할 존재라는 걸 잊지 말아야 해. 사랑은 서로 동등해야 하는 거야. 수직적으로 대하면 한쪽은 올려다보고 한쪽은 내려다보게 되지. 연인 사이에 갑과 을이 나뉘어지는 거야.

수평적인 관계, 서로 같은 위치에서 바라봤을 때 비로소 있는 그대로 상대를 바라볼 수 있게 돼. 성숙한 사랑은 인내의 동의어가 아니야. 스스로의 인내심을 엄한 곳에 테스트하지 말아줘. 소중한 우리를 위해 시작한 사랑이니까, 서로 존중해주기를 바라.

난 너와 대화하는 게 너무 재밌어.

같은 드라마나 영화를 보고 나서 감상이 달라도,

가까운 사이지만 모르던 모습을 발견할 때도,

서로가 어떻게 다른지 대화로 알아가는 게 즐거워.

물론 가끔 네 말에 상처받을 때도 있어.

괜히 속 좁은 사람이 되기 싫어서 혼자 끙끙대기도 해.

그런 날 보고 네가 먼저 말을 걸어주기도 하지.

어쩌면 그게 권태기와 연애의 갈등을 극복할 수 있는

가장 좋은 방법이 아닌가 싶어.

가끔은 네가 다른 언어를 쓰는 사람처럼 느껴질 때가 있어. 아무리 사람 마음은 열 길 물 속 같다지만, 네 마음을 백 퍼센트 이해하고 내 마음까지 오해 없이 전한다는 건 정말 쉽지 않은 것 같아.

더구나 사람이 감정이 앞서면 어떤 말이던 왜곡되게 받아들이기 마련이잖아. 우리가 그저 그런 사이였다면 괜히 서운함을 타거나 속상하지 않았겠지만, '사랑해서 그랬다'는 의도가 잘못된 방향으로 흘러가면 오히려 서로에게 더 큰 상처를 줄 수도 있어.

이럴 때일수록 서두르지 않고, 천천히 대화하는 시간이 필요한 것 같아. 서로의 언어를 더 깊이 이해하기 위해서, 오해를 걷어내고 진심을 전달하기 위해서.

사랑에도 공식이 있을까?

이별 후에는 늘 아쉬움이 남아. 내가 부족해서 사이가 틀어진 건지, 애초에 인연이 아니었던 건지. 아니면 서로 너무 달랐기 때문인지. 너와 나의 관계를 '우리'라고 부르다가 나 홀로 남게 되면 오만 가지 생각이 들면서 정신 차릴 수가 없어.

그때마다 다짐하지. 더 좋은 사람이 돼서 다음에 사랑할 때는 그러지 말아야겠다고. 그런데 그게 아니었어. 내가 못나서, 부족해서 잘못된 게 아니라 그때 당시에는 그게 최선이었던 거야. 사랑에 정답이 없다는 사실을 받아들이는 순간부터 나를 괴롭히는 생각들이 사라지지. 사랑에 절대적인 공식은 없어. 함께 만들어나가는 거야.

"

위기는 기회가 된다고들 하잖아.

그 말은 내게 위기를 극복할 방법을

터득할 아주 특별한 기회가

주어졌다는 뜻인 것 같아.

지금 네가 화가 나서 하는 말은 아니고…

"

내가 아직 폴더폰을 쓰던 10대 시절에도
아이돌 덕질이 유행이었어.
나는 소녀시대 태연을 좋아해서
앨범에는 그녀의 사진이 가득했고,
매일 밤마다 무한 반복으로
태연의 노래를 들으면서 위로받았지.
근데 성인이 되고 삶에 치이는 순간마다
정말로 날 위로해준 사람은 연예인이 아니라
바로 옆에 있는 너였어.

내가 쑥스러워하며 작가가 되고 싶다고 말했을 때도
넌 비웃지 않고 가장 먼저 내 책의 독자가

되어주겠다고 말해줬잖아.

그 따뜻한 말 한마디가 내 마음에 스며들었던 거야.

처음 만났을 무렵 내가

노래 잘하는 사람이 이상형이라 했을 때,

너는 노래를 못한다며 시무룩해했지만

그럴 필요 없어.

나도 날 있는 그대로 바라봐준 네가 좋으니까.

너와 이렇게 얼굴을 마주하고, 손잡고,

나란히 걸을 수 있다는 사실만으로도 난 정말 감사해.

있잖아, 나는 너의 팬이 되고 싶어.

노래를 잘하고 얼굴이 예쁜 연예인이 아니라,

따뜻한 말을 건네주는 네가 나에겐 별 같은 존재야.

내 옆에 있어주는 진짜 별.

"

난 허점투성이지만

너에 대해서만큼은

척척박사가 될 거야.

"

×

 그때 왜 그랬어? 말 좀 해봐.
오후 7:30

오후 7:31 어, 그게 아니라…

 그럼 뭐? 오후 7:31

오후 7:32 아니…

…뭐라고 말해야 네 마음이 풀릴까?　전송

내 마음 그대로 보여주는 이모티콘이 있다면 어떨까.
너랑 카톡을 주고받을 때 그런 이모티콘 하나만 있다면
무슨 말을 어떻게 해야 할까 고민하지 않아도 될 텐데.

어떤 말이 더 위로가 될지,
한마디 말에 오해가 생기지는 않을지,
혹시나 네가 상처받지는 않을지
걱정하거나 초조해하지 않겠지.

내 마음을 대신 표현해줄 수 있는 건 그리 많지 않더라.
서툴러도 진심 담긴 말 한마디가 필요한 순간이 있어.
좀 버벅거리거나 머뭇대는 내가 바보 같기도 하지만,
어두웠던 네 얼굴이 환해지는 걸 보면
직접 말하길 잘했다는 생각이 들어.

나는 맛집 투어, 여행, 모임처럼 여기저기 놀러 다니는 걸 너무 좋아해. 그런데 여자친구는 타고난 집순이야. 동네 카페에 앉아서 얼굴 마주 보며 조곤조곤 수다 떠는 걸 좋아해. 주말마다 어딘가 가자는 내게 활동적인 일은 친구들이랑 했으면 좋겠다는 말을 들으니 의기소침해지더라. 처음에는 어떻게든 그녀의 생각을 바꿔보려고 했어. 같이 여행도 가고 모임도 다니면 인맥도 넓어지고 경험치도 커질 테니, 자기계발도 될 거라고.

그런데 여자친구는 생각이 달랐어. 서로 만나고 있는 동안은 편하게 쉬고 싶다는 거였지. 내 고집 때문에 작은 말다툼까지 하고 말았어.

그동안 내가 데이트 코스 정하고 만나는 걸 마치 회의하

듯이 생각했나 봐. 내 기준에서 완벽하길 바라니, 자꾸 아쉬운 점만 보였던 것 같아. 내 마음대로 결론을 내려놓고 억지로 그녀를 내게 끼워 맞추지는 말자고 생각했어. 그때 마침 도착한 메시지.

자기야! 이 공원은 어때?
전에 말한 곳보다 한적하고 산책하기
좋대. 우리 여기부터 가보자.

오후 1:20

오후 1:20

응응, 그래, 고마워!

그래, 분명한 건 사랑은 일이 아니라는 사실, 서로 행복하기 위해 하는 일이라는 거야.

"

너는 집에서 예능 보면서

배달 음식을 시켜 먹고 싶어 하고,

나는 여기저기 놀러 가자면서

데이트 장소나 맛집 리스트를 보여주지.

서로의 생각이 항상 같을 수는 없지만

함께하고 싶은 마음은 똑같아.

"

처음 연애를 시작했을 때는
심장이 터질 것처럼 특별한 감정이 있어야만
사랑이라고 생각했어.
그런데 매번 그럴 수는 없었어.
물불 가리지 않고 사랑한다는 건
그만큼의 감정 소모를 동반하기도 했어.

특별할 필요 없이 그저
평범하게 감정을 주고받는 것만으로도 충분했어.
설레임이나 뜨거운 사랑에 집착했으니
따분하고 지루하지 않을까 두렵기도 했는데
꼭 그렇지만은 않았어.

친구같이 편안한 사랑이랄까?
굳이 많은 말을 하지 않아도
눈빛만 보고도 생각을 공유하는 것만 같았어.
자연스레 같이 일상을 함께하다 보면
매 순간 애틋해지곤 해.

"

뜨거운 사랑이 새벽에 마시는

소주 같다면

편안한 사랑은 오후의

따뜻한 차 한잔 같아.

"

첫사랑에 실패한 독신 할아버지가 과거의 자신에게 보
낸 영상 편지를 본 적이 있어. 그는 20대 시절 만난 첫사
랑에게 청혼하려 했지만, '그녀는 내게 너무 과분하다'라
는 생각에 사로잡혀서 결국 떠나보냈다고 해. 하지만 사
랑하는 그녀가 2년 뒤 병으로 세상을 떠났고, 만약 그 사
실을 미리 알았다면 절대 망설이지 않았을 거라며 젊은
시절의 자신에게 이렇게 말하지. 마음을 결정했다면 주
저하지 말고 고백하라고, 지금의 자신처럼 후회하며 살
지 말라고.

왜 첫사랑은 어떤 형태로든 실패하는 걸까? 서툴러서 그
런 걸까, 아니면 잘 몰라서일까? 그저 처음이라서 그랬
던 것은 아닐까. 다음에도 기회가 올 거라는 막연한 믿

음, 용기가 없고 자존감이 낮다는 이유로 합리화하는 나
자신 등 이유는 손에 꼽을 수도 없을 거야. 그럼에도 다
시 일어나서 다음 사랑, 그 다음 사랑도 실패하면서 마지
막 사랑에는 성공했으면 좋겠어. 그것만이 그동안 쌓아
온 실패를 보상받는 유일한 길이니까.

"

누군가를 사랑하는 건

천국을 살짝 엿보는 것과 같대.

따뜻한 말 한마디가 필요한 순간,

누군가 내 곁에 있어주기 때문이겠지.

나한테는 네가 그래.

"

약속

우리가 사귀기 시작할 무렵 한 가지 약속한 게 있어.

"많이 부딪히고 다퉈보자. 대신 다퉜을 때 헤어지자는 말만은 쉽게 하지 말자."

그 왜, 잠수 이별이나 싸우면 피하고 보는 회피 유형 같은 사람 있잖아. 서로 그런 행동만은 하지 말자고 말했지. 다행히 아무리 싸워도 처음 했던 약속을 잊지 않고 지켰어. 그래서일까, 시간이 지나면서 우리는 서로 다른 걸 이해하고 취향이 닮아갔지.

오랫동안 함께한 연인이나 부부가 닮아가는 이유는 상대방의 표정이나 말투, 행동들을 무의식적으로 따라 해서 그렇대. 사랑하다 보면 좋은 일만 있을 수 없지만 우린 서로를 쉽게 포기하지 않았어. 서로 한 발씩 물러서면서 상대를 이해하고, 배우고, 또 닮아간 것 같아.

싸움의 끝에는 원망과 분노만 남아 있는 건 아니야. 서로 고비를 넘기고 뛰어 넘어왔으니 그 결과로 돈독해진 지금의 우리가 있는 게 아닐까?

매일 행복할 수는 없어도

매일 웃을 수 있다는 말처럼

네가 나로 인해 매일 웃었으면 좋겠어.

그게 내 바람이야.

× × × ×

part
4

처음부터
어른인 사람은 없으니까

×

선택을 앞두고 고민하는 사람에게

흔히 마음 가는 대로 하라고 조언하곤 하지.

어떤 선택이든 옳고 그름을 섣불리 판단할 수 없고,

결국 자신이 뭘 원하는지가 중요하니까.

하지만 어떤 선택이든 결과가 만족스럽지 않을 수도

있고, 막상 시도해보면 힘들 때도 많아.

어쨌든 거기에 최선을 다하고 난 뒤에는

그 결과를 받아들일 마음의 준비도 필요해.

어떤 삶의 방식이든 책임을 지는 건 자신의 몫이잖아.

지금 내가 헬스장에 가지 않고 널브러져 있는 것도

다 마음의 준비를 하는 과정이라는 거지.

성숙한 어른이 된다는 건 뭘까

아홉 살 적 내가 지금의 나를 본다면 뭐라고 할까? 그때의 나는 어떤 일이든 척척 해내고 상처받지도 않고 누구든 위로해줄 수 있는 멋진 어른이 될 거라고 믿었어. 그런데 난 여전히 스스로가 서투르고 어리숙하게 느껴질 때가 많아. 말 한마디로 상처받기도 하고 무심코 누군가를 상처 주기도 하고. 사실 마음 한구석에는 아직도 아홉 살의 내가 남아 있는 것 같아.

그럼에도 출근길 버스에 오르면서 생각해. 오늘의 나는 어제 되고 싶었던 나였다고 말이야. 내가 바라는 내가 되기 위해 조금씩 나아지고 있다고. 적어도 버스 카드 하나쯤은 내가 원하는 대로 충전할 수 있잖아. 하핫.

"

몸의 나이는 시간이 지나면

저절로 채워지지만,

마음의 나이는 좀 다른 것 같아.

내 진짜 나이는 지금 몇 살일까?

"

오늘 아침도 일어나는 건 너무 힘들어. 6시 정각이 되자마자 울리는 알람 소리에 침대 안에서 몇 분을 더 꿈지럭대다가 간신히 몸을 일으켰지. 그래도 거울을 보면서 힘차게 기합을 넣어봤어. 우리 집 욕실 거울로 보는 나는 왜 항상 이렇게 잘생긴 걸까? 찬물을 얼굴에 끼얹으면서 이미지 트레이닝을 해. 직장에서 철두철미하게 일하는 나, 고민을 털어놓는 후배에게 멋지게 조언하는 나, 매사 매너가 넘치는 나로 짜잔 변신하는 거지.

아슬아슬하게 준비를 마치고 출근길을 나섰는데, 엘리베이터가 일층에 도착하자마자 아차 싶어 다시 올라갔어. 현관문을 열고 들어가서 깜빡한 서류를 챙겨 다시 출발. 아무리 마음먹어도 고쳐지지 않는 덜렁거리는 성격 덕분에 5분이 지나버렸지.

바보 같다는 생각이 들면서도 피식 웃음이 났어. 마음이 급해서 신발 한쪽은 신은 채 깽깽이걸음으로 집에 들어간 내 모습이 웃겨서. 아무리 이미지 트레이닝을 해도 현실의 나는 항상 2퍼센트 부족하지만, 뭐 어때. 이런 모습도 그럭저럭 괜찮지 않아? 가끔은 나 자신을 한심해하는 대신 웃으면서 넘어가는 관대함을….

이러다 정말 지각하겠네. 홀쩍.

날 있는 그대로 받아들이는 게 힘든 날이 많았어.
일본에서는 일본인이 아니라고,
한국에서는 한국인이 아니라는 이유로
미움받고 비난당한 경험이 콤플렉스로 이어졌거든.
어쩔 수 없는 이유 때문에 차별당하는 게 억울했지만,
더 힘들었던 건 뭔지 알아?
세상을 편히 살려면 사회의 시선이 아니라
내가 먼저 바뀌는 게 더 빠르다는 사실이었어.

아이러니하게도 난 세상을 탓하기보다
거기에 적응하려고 애썼어.
성공으로 내 콤플렉스를 가리고

날 무시한 사람들에게 내 가치를 증명하고 싶었지.
남보다 더 잘해야 한다는 경쟁심에 사로잡혀서,
조금이라도 뒤처지면 열등감에 빠졌어.
스스로 내 눈을 가리고 중요한 게 뭔지 못 보게 만든 거야.
모두에게 인정받으려다 정작 나마저 나를 잊고 말았어.

거기 지금 나처럼 열심히 달리는 당신에게 말해주고 싶어.
한 번쯤은 쉼표를 찍고 자신에게 물어봤으면 좋겠다고.
지금 내가 뭘 잊고 있는지, 정말 중요한 게 뭔지 말이야.

"

언제부터 우리는 화를 내면

예민한 사람이고

감성 타면 진지충이 된 걸까.

감정이 결여된 메마른

사막 같은 사람이 되고 싶진 않은데.

"

어리다고 상처까지 여린 건 아니야

일본에서 살다 왔다는 이유로 초등학교 때 왕따를 당했어. 그때는 스스로 삶을 포기하면 차라리 편해질지도 모른다는 생각까지 할 정도로 힘들었어. 죽는 건 무섭지만 사는 건 더 두려웠어. 특히 말투에 일본인 발음이 남아 있다는 게 싫었지. 큰 콤플렉스였어. 한국 생활에 빨리 적응하기 위해 말투부터 고쳐야 한다는 생각이 들 정도로. 뭐 어린 시절에 겪은 따돌림이 얼마나 클까 싶을 테고, 잘 모르는 사람은 겨우 그런 걸로 극단적인 생각까지 하느냐고 말할 수도 있어. 아직 어린데 뭐가 그렇게 힘드냐고 다그칠 수도 있겠지. 하지만 10대라 해도 그들만의 관계와 그 사이에 얽힌 감정들이 있기 마련이야.

언젠가 사춘기에 관한 노래 영상의 댓글을 훑어본 적이

있어. 다들 그 시절 나와 같은 마음이었어. 소리내어 울수조차 없어서 텍스트로 꾹꾹 눌러 담을 수밖에 없는 그들의 마음을 마냥 어리다고만 치부할 수 있을까. 아니, 애초에 타인의 아픔을 저울질해서 판단할 수 있는 권한이 우리에게 있을까?

어릴 적에 ≪어린 왕자≫를 읽었을 때는 그 속에 담긴 의미를 잘 몰랐어. 그런데 얼마 전인가 우연히 다시 읽고 단순한 동화가 아니라는 걸 알았어. 그동안 내가 겪은 여러 일들이 책 속의 이야기와 겹쳐지면서 새로운 감정들이 새록새록 생겨나더라.

과거는 지나간 것일 뿐이라고 취급하기에는 소중한 발자취가 많이 남겨져 있지. 좋든 싫든 모두 내 삶과 이어져 있는 거야. 과거에 아픔만 남아 있다면 그건 트라우마겠지만 어린 시절에 놓고 왔던 찬란한 조각들이 남아 있을 거야. 그 원석 같은 기억들이 때로는 지금의 감정과 만나서 보석처럼 빛을 내기도 해. 마치 지금 내가 추억을 떠올리며 글을 쓰는 것처럼 말이야.

인생에 최종 완성형은 없으니까

산티아고로 도보 여행을 떠난 지인이 발에 잡힌 물집 때문에 결국 도중에 차를 타고 출발점으로 돌아갔다는 이야기를 들었어. 한 달 동안 그렇게 열심히 걸었는데, 단 하루 만에 출발점으로 후퇴할 수 있다니… 뭔가 허무하게 느껴지기도 했어.

3년, 5년, 많게는 10년 동안이나 공들인 탑이 무너지는 건 하루도 안 걸리는 것 같아. 하지만 잘 가다가도 발에 잡힌 물집 탓에 그간 걸어온 길을 되돌아가기도 하는 게 인생인가 봐.

1만 시간의 법칙이 있다고들 하지만, 분명히 '완벽한 완성'은 없을 거야. 일단 잠깐의 쉼표가 찍히는 것뿐 그게 끝은 아니야.

"
완벽한 어른이란 존재할까?

그 기준은 누가 어떻게 정하는 걸까?

학교를 졸업하고 회사에 들어가도

우린 늘 진로를 고민하는 걸.

죽을 때까지 성장은 계속되는 건가 봐.

"

"열정과 끈기는 보통 사람을 특출하게 만들고,
무관심과 무기력은 비범한 이를 보통 사람으로 만든다."

— 와드

열정, 끈기, 의지 같은 단어들을 직접 실천하며 살고 싶어. 무언가에 쫓기며 급급하기보다 좀 더 소신 있게 행동하는 것, 단순히 이력서에 넣을 스펙을 쌓는 것이 아니라 인생이라는 큰 틀을 보면서 어떤 일을 할지 고민하는 것, 회사는 사랑하지 않아도 내가 하는 일에는 애정을 가지는 것. 이렇게 나만의 사전 속 정의를 만들어서 주문처럼 되뇌다 보면 원하는 모습대로 살고 있을 거 같아.

어떤 목표를 향해 갈 때 나를 막는 장애물은 너무나도 많아. 그중 가장 큰 장애물은 실패를 단정하는 마인드야. '어차피 내가 지겠지', '나는 해도 안 되겠지' 하고 생각하는 순간 그걸로 끝이야. 평소 열심히 준비했더라도 중요한 순간 할 수 없다고 생각한다면 그동안 쌓아온 것들이 아무 소용없을지도 모르지.

실제로 올림픽 결승 경기에서 자신이 금메달을 얻으리라고 믿는 선수는 극소수라고 해. 거기서 승부가 갈리는 거야. 아직은 부족해도 자신에 대한 믿음이 있다면, 비록 당장은 터널 속에 있더라도 빛을 맞이할 수 있어.

일요일 오후가 다 되어서야 침대에서 눈을 떠보니 방이
꽤 어지러웠어. 출퇴근 때마다 방에서 펼쳐지는 패션쇼
의 흔적부터 이런저런 서류들까지…. 간만에 쉬는 날이
라 대청소를 하기로 했어. 그런데 사놓고 안 입는 티셔츠
부터 언젠가는 필요할지도 모를 잡동사니까지 고스란히
남겨놓고 나니, 먼지가 사라진 것 말고는 크게 달라진 게
없더라고.

사실 요즘 내게 제일 어려운 게 미니멀 라이프야. 물건이
나 청소만 문제가 아니야. 일도 생각보다 벌려놓은 것들
이 많았어. 마치 컴퓨터 작업창을 여러 개 켜놓는 것처럼
말이야. 자기계발을 한다는 명목으로 퇴근하면 열심히
세미나 들으러 다니기 바빴는데 듣고 나서 정작 실천은

못하는 그런 거지.

꼭 필요한 것만을 남겨두고 일을 하나씩 처리해나가는 것, 그게 진짜 최소한의 삶이 아닐까? 공간이 그렇듯 사람의 뇌에도 제한이 있으니까 그 한계를 인정하고 우선순위를 정하는 거야. 선택하고 한 가지 일에 집중하려는 마음가짐이 필요한 거지.

한꺼번에 많은 걸 하려고 초조해하기보다 한 번에 하나씩, 그렇게 시작하자. 팔굽혀펴기를 하루 1500개 하는 방법은 하나부터 시작하는 거라던 어느 배우의 말처럼. 하나가 둘이 되고, 곧 셋이 될 거야.

"

몰입도 연습이 필요해.

스톱워치 맞춰놓고 3분, 5분, 10분…

이렇게 늘려가다 보면,

컵라면에 뜨거운 물을 붓고 기다리는

단 3분이 어마어마한 몰입의

출발점이 될지도…!

"

간혹 책이나 SNS에서 "대충 살자"라는 문구가 눈에 띨
때가 있어. 삶을 즐길 여유가 줄어들고, 많은 걸 포기해
야 하는 현실에 회의감을 느낀 우리들의 감정을 대변해
주는 것 같기도 해.

하지만 나는 아직 대충 살기에는 하고 싶은 일이 많아.
직접 가보지 못한 곳도 많고, 밤하늘의 별을 바라보며 춤
춰보지도 못했어. 오히려 바로 지금이 삶을 즐기기에 이
르지도 늦지도 않은 때라고 생각해.

아직 이번 생은 망하지 않았어. 왜냐하면 오늘도 무언가
를 할 수 있는 내 모습을 상상하는 것만으로도 새롭게 태
어난 기분이 들거든.

가끔은 헤매는 것도 도움이 돼

삶은 늘 선택의 연속이라지만 내가 원하는 것만 하면서 살 수 없고, 모든 일을 잘할 수도 없어. 그래도 낙담할 필요 없어. 흘러가는 시간 속에서 우리는 분명히 성장하고 있으니까.

그런 모든 과정에서 내가 무엇을 좋아하는지, 잘할 수 있는 일이 무엇인지 알 수 있어. 그러니 지금 내가 좋아하는 일이 뭔지 모르겠고, 잘하는 일이 없다고, 시간 낭비만 하는 것 같다고 좌절하지 않아도 돼. 아직은 때가 아니고, 계기가 오지 않은 것뿐일 수 있으니. 여기저기 헤매다 보면 기회가 보일지도 몰라. 가만히 앉아 있는다고 기회가 저절로 찾아오진 않잖아.

세상이 영영 변하지 않을 것처럼 고집을 부리는 사람들이 있어. 안정을 추구한다는 그럴듯한 말로 변화를 거부하는 사람들 말이야. 그 마음이 이해되기도 해. 몸과 마음이 잔잔한 물결 같은 안정적인 상태가 좋은 건 나도 마찬가지니까.

하지만 안정이란 환경이 변하는 와중에도 유연하게 움직일 수 있는 것이라고 생각해. 난 마치 파도 위에서 서핑을 하는 것처럼 어떤 상황에서도 여유롭게 넘실대는 사람이 되고 싶어. 난이도 높은 파도에 적응했다 싶으면 긴장감 속에서 다시 새로운 파도를 맞이하는 그런 자세. 삶에도 가끔은 그런 파도타기 훈련이 필요한 것 같아.

징크스보다 더 중요한 게 있어

중요한 미팅을 앞둔 날,

넥타이를 멋지게 매면 결과가 좋다는 징크스가 있어.

오늘따라 넥타이가 자꾸 비뚤어져서 한참 씨름했는데,

하필 넥타이핀이 고장나 있더라고.

결국 넥타이 없이 서둘러 나섰는데,

벌써 하루를 모조리 망쳐버린 기분이 들었어.

하지만 미팅에서는 같이 갔던 동료도, 상대방도

넥타이가 있는지 없는지는 전혀 신경 쓰지 않았어.

나 역시 어느 새 완전히 잊고 일 이야기에 몰두했지.

공연히 징크스 때문에 일을 더 망칠 뻔한 건 아닐까?

왜 자꾸 정말 중요한 걸 잊어버리는 걸까.

"

온갖 노력에도

아무런 결과가 나오지 않을 때,

모든 게 허무하게 느껴져.

자기만족 하나만으로 보람을 느끼기에는

내가 너무 현실적으로 변한 건가.

"

진짜 자신을 숨기며 사는 건 힘들지만
굳이 모든 모습을 드러내지 않아도 되지.

오히려 내가 가짜라고 생각하는 모습마저
'나'라고 인정하는 자세가 중요하지.
'진짜', '가짜'를 나누는 태도는 옳지 않다고 봐.

자존감을 높이기 위해 애쓸 필요 없고,
자존감이 낮다고 해서 자책할 필요도 없어.

사실 나를 괴롭히는 습관 중 하나가
무언가가 되어야만 한다는 강박관념이야.

무언가가 되겠다는 다짐은
일시적으로 자존감에 대한 불안을 달래줄 수 있지만
자칫 잘못하다가는 기쁠 때 기뻐하지 못하고
슬플 때 슬퍼할 줄 모르는 사람이 되어버리고 말아.

그런 내가 어떤 성취감을 얻는다고 한들
진짜 행복하다고 말할 수 있을까?

행복의 좌표는 특별한 어딘가에 정해져 있는 게 아니라
내가 지금 있는 이곳에서 발견할 수 있다고 생각해.

그 작은 희망을 발견했으면 한 걸음씩 나아가는 거야.
그것만이 정답인 거야.

"

특별한 꿈이 없을 수도 있고,

모든 사람에게 적용되는

기준이란 것도 없어.

인생은 결국 내 뜻대로 살아야 해.

그게 '나'라는 삶의 정답이 될 수 있어.

"

고마워,
기댈 수 있게 해줘서

사람들은 흔히 '감정적'이라는 말을 부정적으로 생각하는 것 같아. 감정적이면 자신을 통제하지 못하는 미성숙한 사람이라는 취급을 받기도 하지. 그래서 자연스럽게 감정을 숨기게 되고 나를 드러내는 일을 꺼리게 돼.

이런 세상에서 내 마음을 솔직하게 털어놓을 수 있는 사람이 있다는 게 얼마나 큰 축복인지 요즘 들어서야 실감하고 있어. 내 마음이 아프면 아프다고 말할 수 있고, 기쁨을 나눌 수 있고, 슬픔도 나눌 수 있는 관계. 꼭 연인이 아니라도, 내 마음을 보여줄 수 있는 사람이 있다는 건 정말 감사한 일이야.

난 내가 강한 사람이라 착각했어

그동안의 나는 기대기보다는 기댈 수 있는 사람이 되려고 노력해온 것 같아. 힘든 일이 있어도 털어놓기보다 속으로 삭히는 일이 많았어. 주로 상대의 말을 들어주며 맞장구치는 데 익숙했지.

매번 남의 이야기를 들어주기만 하는 내 모습을 보고 친구는 왜 나서서 감정 쓰레기통이 되냐고 했어. 언제까지 버틸 수 있겠냐면서. 근데 나는 실은 약한 사람이야. 왜, 있잖아. 남들 앞에서는 강한 척 자기방어를 해도 내면 깊숙이 들여다보면 그게 아니라는 거. 상처투성이라 애써 날 세우며 누구의 접근도 허가하지 않았던 내 모습을 강해진 거라고 착각했으니까.

"

누구에게나 부족한 점은 있어.

다른 사람보다 내가 편해서

보여줄 수 있는 모습이라면

얼마든지 환영이야.

"

기댈 수 있는 법을 알려줘서 고마워

미움받기가 두려워서 남들에게 늘 '잘 들어주는 사람'이 되려고 했어. 연애할 때도 마찬가지였지. 언젠가는 일 년 조금 넘게 만났던 사람과 헤어졌는데, 그녀를 만나는 동안 늘 이성적이고 자존감 높은 척 애썼던 내가 억지로 노력하고 있었단 걸 이별 후에야 깨달았어.

헤어진 당일과 그 다음 날, 그리고 몇 주 동안은 담담했어. 괜찮다고 생각했는데, 시간이 지날수록 내가 한없이 무너지더라. 이상했어. 그동안 내가 너무 감정을 억누르고 있었다는 걸 그제야 알게 된 거지. 그게 헤어진 그녀를 더 힘들게 했던 게 아닐까?

이제 더 솔직한 사람이 되고 싶어. 힘들 때 힘들다고 말하고 기대고 싶을 때 기댈 수 있는 용기를 내고 싶어.

그저 사랑에 서툴렀던 시절에는
내가 좋은 사람이 못돼서 보내주는 거라는
무책임한 통보를 건네곤 했어.
그건 책임에 대한 회피에 불과하고,
결국 내 마음이 성장하는 걸 막을 뿐이야.
사랑은 나를 더 좋은 사람이 될 수 있게
만들어주는 감정이니까.

혼자서 결정하고, 멋대로 판단하지 않겠어.
최대한 나의 솔직한 마음을 표현하고
속속들이 드러낼 거야.
나를 위해, 사랑하는 사람을 위해서라도.

"

아무리 자존심이 중요하다하지만

소중한 사람을 우습게 만들면

안 되는 거야.

난 그게 최악의 잘못이라 생각해.

"

최고의 선물은
나를 알아주는 단 한 사람

유독 '착한 사람' 이미지가 강했던 친구가 어느 날 내게
그러는 거야. 요즘 들어 '척'하는 게 힘들다고. 아무렇지
않은 척, 괜찮은 척, 밝은 척…. 친구 이야기를 듣고 뭐라
대답해야 할지 몰라 망설이다 가만히 말해주었어.
"난 그런 줄 몰랐는데… 너 진짜 힘들었겠다."
친구는 그새 눈시울이 붉어지더니 말없이 울었어. 그 뒤
로 해줄 수 있는 건 어깨를 토닥여주는 것뿐이었어. 그동
안 나는 누군가의 마음을 얼마나 알아줬으며, 알아달라
고 해본 적 있었을까. 나를 알아주는 한 사람, 그런 사람
이 있다는 것만으로 큰 위로가 되는 거 같아.

그늘이 넓은 나무처럼

꽁꽁 숨겼던 내 마음을 누군가가 알아준 것처럼
나도 누군가 꽁꽁 숨겨둔 마음을 헤아리고 싶어.

나 같은 사람이 꿈을 꾸어도 되겠냐고 묻는다면
그래도 된다고 말하고 도움을 주는 사람이 되고 싶어.

직은 비록 작은 바람에도 흔들리는 나무지만
언젠가는 거대한 나무가 되어서
기댈 수 있는 사람이 되고 싶은 게 내 꿈이야.

아무거나 좋다는 사람이 될 뻔했다

연애할 때 안 좋은 버릇이 있었어.
좋은 모습만 보이고 싶은 마음에
늘 상대에게 맞추는 게 습관이었던 거지.
그런데 의외의 순간에 일이 터졌어.

"왜 넌 네 생각을 말 안 해?"
"응? 그야 난 다 좋으니까."

그때는 아무 대답도 하지 못했지만 꽤 충격이었어.
상대에게 잘해줬다고 생각했는데 그걸로 화를 내다니.
그 다음 말이 더 충격이었지.

"상대에게 무조건 맞춘다는 게
책임을 피하는 거랑 뭐가 달라?
맛집을 골라도 막상 가서 먹어보면 맛없을 수 있고,
남들 다 좋다는 노래가 별로일 수도 있어.
난 네가 좋아하고 싫어하는 게 뭔지 알고 싶은 건데,
넌 아무거나 괜찮다는 말로 아무것도 알려주지 않잖아."

난 관계에서 항상 자신을 포장하기 바빴고
상대에게 어울리는 사람이라는 걸 어필하기 위해
백 퍼센트 맞추려 애썼어.
하지만 그게 사실은 맞추는 게 아니라
상대에게 선택을 미루고,
아무것도 보여주지 않으려는 결과로 이어졌던 거야.
'아무거나 좋다는 사람'만큼 관계에서
위험한 건 없는지도 몰라.

"

나는 겉과 속이 다른 사람이

되고 싶지 않아.

난 우리 관계가,

속마음을 숨긴 채 밀고 당기는

줄다리기처럼 되는 걸 바라지 않아.

"

'달팽이 상태'에 빠지고 싶을 때

가끔 나 자신이 달팽이처럼 느껴질 때가 있어. 누군가 약점을 툭 건드리면 겁이 나서 은신처로 쏙 숨어버리고 싶거든. 그럴 땐 아무도 날 상처주지 못하는 곳으로 도망치고 싶어져. 사람은 두려움, 공포, 슬픔의 감정에 지배당하면 아무것도 못하게 되는 거 같아. 긍정적인 글을 읽어도, 주변에서 격려를 해주어도 귀에 안 들어오지. 완전히 '달팽이 상태'에 빠져버리는 거야.

달팽이집에 꽁꽁 숨어서 나오고 싶지 않은 순간마다 내가 떠올리는 말이 있어. 다른 사람에게는 어떨지 모르지만 내 마음속에 부적같이 간직하는 말이기도 해.

'아무것도 하지 않으면 아무것도 되지 않는다.'

비가 내리면 달팽이는 집 밖으로 몸을 내밀고 정말 열심

히 움직여. 빗방울로 목을 축이면서 더 좋은 쉼터를 찾아
가고 다른 친구를 만나기도 해. 가만히 있어야 할 때가
있지만 그렇지 않을 때가 많지. 분명 용기를 내야 하는
순간들이 있어. 아무리 편하다고 달팽이집 안에만 있다
가는 햇볕에 온몸이 말라버릴지도 모르거든.

제대로 쉴 줄 모르는 사람

한창 바쁜 일이 끝나고 사흘간의 휴가가 생겼어. 그런데 뭘 해야 할지 모르겠는 거야. 어영부영 시간만 보내는데 그 와중에 계속 일 생각이 나서 괜히 머릿속이 복잡했지. 그러다 친구와 삼겹살에 소주 한잔 마시러 갔어.

고기가 탈까 봐 열심히 뒤집기도 하고, 육즙까지 고소하게 익으라고 꾹꾹 눌러주다 결국 태워버리기도 하고, 혼자 집게를 들고 난리를 쳤지. 그런 나를 보면서 친구가 서두르지 않아도 된다며 말리더라고. 평소 회사 사람들 속도에 맞추다 보니 이게 버릇이 되어버렸다고 하니까 녀석이 또 한마디 하더라.

"지금 여기가 회식 자리냐? 나랑 있을 때는 그러지 않아도 돼."

그 순간 목 언저리에 걸려 있던 뭔가가 쑥 내려가는 기분이 들었어.

꼭꼭 씹어야 하는 건 밥알뿐만이 아닐 거야. 그때그때 머릿속에 떠오르는 감정들을 그냥 흘려보내지 않는 것, 나에게 필요한 건 그런 게 아니었을까? 주어진 일에만 아등바등하는 게 아니라 좀 더 뚜렷한 감각으로 내 삶을 이끌어가기 위해서. 매 순간에 몰입하다 보면 솟아날 구멍이 있겠지.

"

아무 일정도 없는 휴일,

친구에게 연락하려 하다가

그만두기로 했어.

쉬는 법을 모르면 그냥 모르는 대로

내버려두려고.

오늘은 하루 종일 TV 보면서

치킨이나 먹어야겠다.

"

보이지 않는 곳까지 시야가 닿는 것

일반 가정에서 자란 성인보다 이혼 가정에서 자란 성인이 자신의 유년기가 힘겨웠다고 대답한 비율이 세 배 더 높았다고 해. 그들 중에서는 분명히 멋지게 자란 이들도 있지만, 부모님이 이혼하지 않았다면 어땠을까 몇 번이고 생각하게 된다는 거야. 아무리 시간이 흘러도 상처와 '나'는 분리될 수 없나 봐. 그런데 비슷한 경험이 있는 내 친구가 그러더라.

"어려운 시절이 있었던 덕분에 바라보지 못하는 곳까지 시야가 닿는 것 같아."

친구는 어린 시절의 자신과 비슷한 일로 힘들어하는 사람이 있으면 돕고 싶다면서 사회복지사로 일하고 있어. 어려움을 통해 새로운 가치를 찾아내고 나만이 할 수 있

는 일을 해나가는 것. 어쩌면 그 과정들이 고난을 극복하
게 하는 결정적인 힘이 되어주는 게 아닐까?
아픔이 늘 나쁜 기억만 남기는 건 아닌 것 같아. 그 위에
생긴 딱지가 다른 관점을 갖게 해주는 건지도….

"

세상 누구나

마음 아픈 경험을 해.

타인의 아픔을 이해하는 순간

사람 사이의 거리가

한 뼘 가까워지지.

"

× 걱정 없어 보이는 사람의 스트레스 해소법

사람들은 내가 아무 걱정 없어 보이는 것 같다고
자꾸 스트레스 해소법에 대해 묻더라고.

딱히 특별하다고 말할 수 없겠지만
몇 가지 말하자면 그거야.

밖에 나가면 하늘을 바라볼 것.
자주는 아니더라도 바다나 산을 접하며 기분전환을 할 것.
하루를 마치고 고생한 내게 소소한 보상을 줄 것.
무엇보다 사랑하는 사람들과 함께 가서 즐길 것.

아름다운 경치와 맛있는 음식 사랑하는 사람과 함께라면

그 순간은 세상을 가진 기분이 들어.

그런 게 행복이지.
우리 모두 행복해질 수 있는 방법.

어릴 적에 희미하게 떠오르는 그의 얼굴.
그 꼬깃꼬깃한 기억을 되새겨보니
닮은 부분이라고는 눈매 말고는 없는 것 같아.

무척이나 사랑하지만 부르지도 찾아가지 못하는 사이.
한국어, 일본어 그 어느 언어로 불러도
그로부터 대답은 돌아오지 않았어.

어쩌면 그를 찾는 어린 시절의 나는
지금도 여전할지도 모르는데
자연스레 잊혀져가는 게 안타깝기도 해.

아버지에 대해 아는 거는 하나 없는데
이미 일본에서 오래전에 생을 마감했다고 하니,
아들에게 소식이 전해지기까지 얼마나 고독했을까.

하지만 더 안타까운 사실은
나는 아직도 아버지에 대해 잘 모른다는 점이야.
아빠라고 부를 수 있을 만큼 가까운 사이도 아니고,
그렇다고 멀어지기 싫은 마음.
그런 마음으로 애도하며 보내고 있어.

그래도 어떡해.
앞으로 나아가야지.
산 사람은 그럼에도 살아가야지.
아픈 마음을 한구석에 껴안고.

"

모든 기억이 행복하지는 않아.

그래도 어떤 기억들은

가슴속에 딱지를 남겨두고

계속 걸어갈 힘을 주기도 해.

"

퇴근길 버스에서 만나는 사이처럼

카페에서 작업을 마치고 집으로 돌아가는 길,
버스에서 마주친 승객들의 표정이 기억나.
창틀에 턱을 괴고 꾸벅꾸벅 조는 사람,
지친 표정으로 바깥 풍경을 바라보는 사람,
애인이랑 통화하는지 행복한 표정으로
한 손에는 꽃 한 송이를 든 남자,
오랜 세월 함께한 듯 보이는 노년 부부,
그리고 일을 마치고 집에 돌아가는 나.

인생길을 가던 중에 만나는 사람들은
대부분 각자의 삶을 살아온 사람들이 대다수야.
버스 같은 한 공간에서 잠시 만나,

각자의 정거장에서 내려 갈 길을 가겠지.
우리는 서로 다른 사람일 뿐,
거기서 오는 낯선 느낌을 굳이 비교하면서
낙심할 필요 없는 거야.

오늘 따라 일이 잘 풀리지 않아서
돌아가는 내내 마음이 무거웠는데
사람들을 보면서 위안을 받았어.
우리는 모두 퇴근길 버스에서 만나는 사이구나.
각자의 삶을 보내다가 우연히 마주친 사람들.
각자의 코스가 그렇게 멀어지다 보면
진정한 의미로 자유로워질 수 있을 거야.
나는 부족한 사람이고, 못났다는 생각으로부터 말이야.

한여름에 처음으로 혼자 떠난 제주도 여행을 기억해.
운전면허가 없어서 뜨거운 땡볕 아래에서
무거운 가방을 매고 걸어야 했지만,
정신없는 도시를 빠져나와서 생긴 나만의 시간이었어.

때로는 하늘을 바라보며
때로는 바다를 보며 끝도 없이 걸었지.
손을 뻗으면 닿을 것 같은 하늘과
잔잔하게 내 마음을 흔드는 바닷소리는 내게 쉼과 같았어.

왜 사람들은 힘들 때마다
바다에 가고 싶어 하는지

직접 와보니 알겠더라.

바다를 바라보는 동안만은
내 마음속에 걱정 근심, 고민들을
흘려보낼 수 있을 것 같은 기분이 들어.
집에서 쉬어도 쉬는 것 같지 않을 때가 있는데
바다에서는 달랐어.

파란 여름 바다를 보면서
다짐하고 또 다짐했어.
다음에는 사랑하는 사람과 두 손 꼭 잡고 와야지.

"

꿈을 그리는 사람은

결국 그 꿈을 닮아간대.

내가 닮아가는 꿈의 모습은

분명 아주 멋질 거야.

"

에필로그

×   너와의 사계절을 한 번 더 맞이하고 싶어

상처받을까 봐 두려웠던 내가 용기를 내어
너를 만나 사랑하기 시작하고,
한 번의 사계절이 지나갔어.

너는 우리가 함께하는 미래에 대해 이야기했고.
나는 우리가 함께하는 현실에 대해 이야기했어.

서로 가진 것도 많았지만
분명히 잃고 포기해야 할 것들도 있었지.

일 년을 함께하니 조금씩 알겠더라고.
우리가 서로 다른 이야기를 하고 있지만

그 뒤에는 늘 같은 마음이 있다는 것을.

난 겁쟁이인가 봐.
너에게 '평생'이라는 약속 대신,
지금 이 순간 이렇게 말하고 싶어.
우리 이렇게 한 번 더 사계절을 함께해보자고.

× × ×

KAKAO FRIENDS x arte

"내가 좋아하는 이야기부터 하나씩 시작해볼게.
이젠 나를 읽어줘."

당신의 모든 날을 함께하기 위해
카카오프렌즈가 찾아왔습니다.
선물 같은 그들의 이야기를 하나하나 들어주세요.

위로의 아이콘, 듬직한 조언자
라이언

/

라이언, 내 곁에 있어줘
with 전승환

어디로 튈지 모르지만
사랑스러운 악동 어피치

/

어피치, 마음에도 엉덩이가 필요해
with 서귤

화나면 미친 오리가 되는
반전 매력의 소유자 튜브

튜브, 힘낼지 말지는 내가 결정해
with 하상욱

토끼옷을 입고 다니는 무지
&
악어를 닮은 정체불명의 콘

무지, 나는 나일 때 가장 편해
with 투에고

패션 감각 넘치는
발랄한 현실주의자 네오

／

네오, 너보다 나를 더 사랑해
with 하다

허점마저 매력적인
로맨티스트 도시개 프로도

／

프로도, 인생은 어른으로 끝나지 않아
with 손힘찬 (오가타 마리토)

프로도, 인생은 어른으로 끝나지 않아

1판 1쇄 인쇄 2019년 11월 15일
1판 1쇄 발행 2019년 11월 22일

지은이 손힘찬 (오가타 마리토)
펴낸이 김영곤
펴낸곳 아르테

문학사업본부 본부장 손미선
책임편집 이지혜
문학기획팀 김지영 인수
문학마케팅팀 배한진 정유진
문학영업팀 김한성 이광호
제작팀 이영민 권경민

출판등록 2000년 5월 6일 제406-2003-061호
주소 (우 10881) 경기도 파주시 회동길 201(문발동)
대표전화 031-955-2100   팩스 031-955-2151

ISBN 9978-89-509-8420-5 / 03810
아르테는 (주)북이십일의 문학 브랜드입니다.

(주)북이십일 경계를 허무는 콘텐츠 리더
아르테 채널에서 도서 정보와 다양한 영상자료, 이벤트를 만나세요!
네이버오디오클립/팟캐스트[클래식클라우드]김태훈의 책보다 여행
페이스북 facebook.com/21arte   블로그 arte.kro.kr
인스타그램 instagram.com/21_arte   홈페이지 arte.book21.com